Nadine Manz

Schneewittchen und Ich
ein Beispiel des Konstruktivismus

Diese Geschichte ist zuerst nur aus Sicht der Stiefmutter entstanden. Sie sollte als die Gute dastehen. Erst später habe ich die Sicht des Jägers ergänzt und so den Eindruck der gesamten Geschichte verändert. Ich wünsche dir viel Spaß beim Lesen.

Herstellung und Verlag:

BoD – Books on Demand, Norderstedt

Bibliografische Information der Deutschen Nationalbibliothek

Die Deutsche Nationalbibliothek verzeichnet diese Publikation
in der Deutschen Nationalbibliografie; detaillierte
bibliografische Daten sind im Internet über http://dnb.d-nb.de
abrufbar.

ISBN: 978-3-7481-2596-9

Inhalt

Die Vorgeschichte

Zwei grauenhafte Jahre mussten vergehen, bis ich wieder heiratete. Mein Mann ist damals nach langer Krankheit verstorben. Und obwohl ich wusste, dass er sterben würde, war es schwer. Ich musste mich alleine um meine beiden Töchter kümmern und gleichzeitig ein Königreich regieren, worum sich zuvor mein Mann gekümmert hatte.

Und dann habe ich mich wieder verliebt. Es war überwältigend. Unwirklich. Mein liebster Heinrich! Wir hatten so viel gemeinsam. Wir beide liebten Kleidung, Erotik, Reisen und genossen hin und wieder das alleine und getrennt voneinander sein. Wie auch jetzt. Er hatte ebenso eine Tochter. Schneewittchen. Was für ein bescheuerter Name! Und doch habe ich immer versucht, ihr eine gutmütige Stiefmutter zu sein. Aber sie war so unglaublich zickig. Immerzu hat sie meine Töchter schikaniert, gedemütigt und sogar körperlich attackiert. Und das Schlimmste für mich war, zumindest am Anfang, dass sie hübscher war, als ich. Ich hatte einen Spiegel, der mir zuvor, zu Hause, auf meine Frage „Spieglein, Spieglein an der Wand, wer ist die Schönste im ganzen Land?" immer mit den Worten geantwortet hat: „Meine Königin, Ihr seid die Schönste im ganzen Land."
Und seine Antwort jetzt war: „Meine Königin, Ihr seid die Schönste hier, doch Schneewittchen ist noch tausend Mal schöner als Ihr." Ich war so wütend. Nicht „nur" wegen meiner Schönheit, die, seien wir mal ehrlich, bei jedem

mit dem Alter abnimmt, sondern weil sie Waltraud und Isolde in allen Gelegenheiten fertig machte, wo sie nur konnte. Das Fass zum Überlaufen brachte sie, als dieses Schneewittchen mit ihrem alles vereinnahmenden, liebevollen Lächeln darum bat, mit Waltraud und Isolde einen Reitausflug zu machen. Sie wolle meinen Töchtern näher kommen, Differenzen überwinden. Aus diesem Grund genehmigte ich diesen Reitausflug. Wie bescheuert konnte ich nur gewesen sein? Ausgerechnet Schneewittchen wollte Differenzen überwinden? Damals hatte ich geglaubt, sie wolle das tatsächlich. Schneewittchen war eine begnadete Reiterin, während meine Töchter erst wenige Wochen zuvor mit dem Lernen angefangen hatten. Was ich nicht wusste, war dass Freddy, das Pferd, das Isolde reiten sollte, schon vor Wind, geschweige denn vor lauten Geräuschen Angst hatte.

Sie ritten los. Aber Schneewittchen kam mit dem fettesten, breitesten Grinsen, das ich jemals gesehen hatte alleine zurück.
„Wo sind meine Mädchen?" fragte ich sie, während ich vor Sorge schon fast explodierte. Doch dieses dämliche Schneewittchen brach in lautes Gelächter aus, war nicht mehr in der Lage, sich zu halten. Sie konnte nicht einmal sprechen. Dieses hämische Lachen machte mich angstvoll und wütend zugleich. Warum hörte sie nicht auf? Hörte auf, zu lachen und vor allem aufhören, meine Töchter systematisch in die Depression zu treiben?
Mein Herz überschlug sich, mir wurde schwindlig und übel. Ich konnte keinen klaren Gedanken mehr fassen.

Schneewittchen lachte weiter, wurde aber gefasster. In der Ferne sah ich Freddy und Michel, die Pferde meiner Töchter, auf das Schlossgelände zulaufen. Langsam fing ich an, mich zu beruhigen, doch als die Pferde näher kamen, sah ich, dass deren Rücken leer war. Meine Angst stieg ins Unermessliche. Aber Schneewittchen, als dieses egoistische Einzelkind die Pferde sah, steigerte sich ihr langsam schwindendes Gelächter wieder zu Gebrüll. Sie hielt sich den Bauch, ihr Kopf war rot und Tränen liefen über ihr Gesicht. Ich wurde immer wütender und ängstlicher. Ich wollte nur wissen, ob meine Töchter wohlauf sind und wo sie sind und wann ich sie wieder sehe. Ich brüllte sie an: „Wo sind meine Töchter?"

Schockiert von meiner Tonlage, verstummte das Gelächter augenblicklich.

„Freddy hat sich erschreckt, vor ein paar Herbstblättern, die im Wind geraschelt haben. Waltraud ist gestürzt, ihr Bein war verdreht. Das war so witzig!" Wieder dieses schallende Gelächter. „Isolde ist direkt danach auch gestürzt. Ich glaube, sie ist mit dem Kopf auf einem Stein gelandet. Jedenfalls ist das Blut raus gesickert, wie aus einem Bach. Ein Bach aus Blut." Und wieder krümmte sich dieses Miststück vor Lachen. Ich musste weg. Meine beiden Mädchen, für die ich eine Verantwortung habe, lagen an irgendeinem Ort im unerforschten Zauberwald und waren verletzt. Ich war nicht in der Lage, klar zu denken.

Auf dem Weg zurück ins Schloss lief mir Lukas, unser oberster Schlossjäger, über den Weg. Er hatte Angst vor mir, hielt mich für streng und unheimlich. Das hat mir mein Spiegel gesagt. Und doch hatte er ein großes Herz und sah sofort, dass ich in größter Sorge und Not war.

Da war schon wieder diese gruselige, neue Königin. Ihr Mund zu einer Fratze geformt, die Augen eng zusammengekniffen, es war nur mehr ein schwarzer, tiefer Schlitz inmitten von gebirgsartigen Falten zu sehen. Was war bloß los mit ihr? Und warum hatte sie letzte Nacht mit ihrem Spiegel gesprochen? Es war doch nur ein normaler Spiegel. Aber aus irgendeinem Grund dachte sie, er würde ihr antworten. Ich verstehe diese Frau nicht. Sie bildete sich ein, einen erfreulichen Anblick zu bieten, doch das, was sie womöglich früher mal ansehnlich gemacht hatte, war schon längst hinter Wut, Trauer, Boshaftigkeit und Intrigen verschwunden. Ich habe eine riesengroße Angst vor dieser Kröte – ähm Königin. Und jetzt musste ich mit ihr reden. Das nervte. Immer diese auferzwungene Höflichkeit!

Mit gesenktem Blick kam er auf mich zu und fragte mit leiser, zittriger Stimme, ob er mir helfen könnte. Unter Tränen erzählte ich ihm, was passiert war und er schickte einen Suchtrupp los.

Krasse Geschichte, die mir die Königin da erzählte. Aber wer weiß, was da überhaupt dran war. Vermutlich haben ihre zickigen Töchter das arme Schneewittchen wieder mal gehänselt, ihr weh getan. Sie war so sensibel. Und sie war verliebt. In einen Bauersjungen! Das ging gar nicht.

So jemanden konnte sie nicht ehelichen. Das dachte ich zumindest damals. Was ich nur für simple Probleme hatte...

Um mich zu beruhigen, ging ich zu meinem Spiegel.
„Spieglein, Spieglein an der Wand, wer ist die Schönste im ganzen Land?"
„Königin, Ihr seid die Schönste hier, aber Schneewittchen ist noch tausendmal schöner als Ihr."
Immer die gleiche Leier! Wieso wird so eine Zicke, mit diesem Verhalten, als die schönste Frau im gesamten Königreich erachtet? Ich konnte und wollte das nicht verstehen.
„Die Prinzessinnen sind wohlauf. Sie werden gleich eintreffen." rief es plötzlich von der spaltbreit geöffneten Schlafzimmertür. Es war mein Wächter. Mein Herz machte einen Sprung. Freude kam auf. Und doch war da ein bitterer Beigeschmack. Schneewittchen konnte immer wieder so bösartig und fahrlässig handeln. Und das nächste Mal hatte es womöglich schlimmere Folgen, als ein gebrochenes Bein und eine Gehirnerschütterung.

Das war mal wieder so klar. Logischerweise hatte es sich nicht so zugetragen, wie es mir die Königin erzählt hatte. Waltraud hatte einen, zugegeben erheblich großen und farbenfrohen, Blauen Fleck am Schienbein, aber sie litt, als wäre ihr weiß Gott was passiert. Und Isolde hatte nichts als eine kleine Beule am Hinterkopf. Und sie konnte ebenso extrem darunter leiden. Kein Wunder hat Schneewittchen so gelacht und in ihrer Geschichte übertrieben. Hätte ich in ihrer Position vermutlich genauso getan. Aber ich bin ja keine Prinzessin. Ich bin nur der Schlossjäger.

Sie musste weg. Und sie durfte nicht mehr zurückkommen. Ich fasste den Entschluss, sie töten zu lassen und ließ Lukas in meine Gemächer rufen.

Der Mordauftrag

Mit gesenktem Kopf und hängenden Schultern betrat er den Raum. „Schließ die Tür" wies ich ihn an. Er schloss die Tür und ich erzählte von meinem Plan ...

Dieses Weibsbild war doch verrückt. Jetzt musste ich Schneewittchen töten. Warum handelte sie in dieser Art? Ich – ein Mörder. Ich hasse es, so bezeichnet zu werden. Und doch habe ich diesen Titel seit jenem schicksalhaften Tag. Ja, ich habe Schneewittchen getötet. Ich musste mich übergeben, als ich ihr das Herz herausschnitt um es in die Box zu legen, in der die Königin verlangte, es vorgelegt zu bekommen. Ich wollte gar nicht wissen, was sie damit vorhatte. Mir war übel, mein Magen krampfte, das Atmen fiel mir schwer. Keuchend und schnaufend begab ich mich auf den Weg zurück zum Schloss. Der Weg war unendlich lang und doch verging die Zeit schneller, als mir lieb war.

Direkt als Lukas mit Schneewittchen verschwunden war, arbeiteten meine Gedanken. Sie ist doch ein Kind. Darf ich, um meine Kinder zu schützen, wirklich die Tochter meines Mannes töten? Das schlechte Gewissen machte sich breit. Sekunden wurden zu Minuten, Minuten zu Stunden und Stunden zu Tagen. Ich wusste nicht, wie lange er weg war, während die Gedanken sich überschlugen. Was war wichtiger? Der Schutz meiner Töchter vor einem schädlichen Menschen oder Schneewittchens Leben? Insgeheim hoffte ich, Lukas würde den Mord an Schneewittchen nicht über das Herz bringen und sie laufen lassen. Ich wandelte auf und ab vor meinem Spiegel. Hatte Angst. War hin und her gerissen. Alle paar Minuten oder auch nur alle paar Sekunden, ich weiß es nicht, befragte ich den Spiegel.

„Königin, ihr seid die Schönste hier, aber Schneewittchen ist noch tausendmal schöner als Ihr."

Noch nie war ich so glücklich diese Worte zu hören. Schneewittchen war, zumindest noch, am Leben. Und endlich, ich weiß nicht, wie oft ich den Spiegel inzwischen befragt hatte, kam Lukas zurück. Und die Antwort des Spiegels hatte sich nicht geändert. Und doch war Lukas blass, hatte blutunterlaufene, dick geschwollene Augen, als er mir wortlos und ohne mir in die Augen zu schauen die kleine Holzkiste auf den Tisch stellte. Schneewittchens Herz sollte darin sein. Als Beweis, dass sie tot war. Und doch wusste ich, dass sie lebte. Was war in der Holzkiste? Ich öffnete sie und fand darin ein Herz.
„Wie Ihr es mir befohlen habt, euer Hoheit" stammelte Lukas. „Schneewittchens Herz."
Ich lächelte in mich hinein, denn es war das Herz eines jungen Rehs. Ich als Fleischkennerin und Jagdexpertin erkannte das. Ich beschloss mitzuspielen und Lukas hinters Licht zu führen. Ich bat den Koch, das Herz zuzubereiten und wies Lukas an, mir beim Essen Gesellschaft zu leisten. Es machte Spaß, diesen Idioten hinters Licht zu führen, zumal er annahm, er würde mir einen Bären aufbinden können. Oder ein Reh. Sein

kreideweißes, vom Schock eingefallenes Gesicht mit den großen, toten Augen starrten mich hasserfüllt an. Er wusste nicht, dass ich es wusste. Ich genoss meinen Triumph und aß das Herz langsam vor Lukas Augen auf. Es schmeckte vorzüglich. Lukas wurde immer bleicher, seine Augen weiteten sich zunehmend. Als ich fertig war, rannte, nein, hechtete er aus dem Speisesaal.

Wie kann man nur so makaber sein? Sie hatte einfach so Schneewittchens Herz gegessen. Und das vor meinen Augen – den Augen ihres Mörders. Sie wollte mich quälen. Es machte ihr Spaß. Warum? Womit hatte ich es verdient, zum Mörder zu werden und dann, als wäre das noch nicht genug, diese furchtbaren Qualen ertragen zu müssen? Ich verstand die Welt nicht mehr.

Drei Geschenke und vier Morde

Ich musste herausfinden, was diese Frau vorhatte. Wie versessen rannte sie in ihr Schlafgemach, schloss – wie immer – fein säuberlich die Tür hinter sich ab. Sie wollte unbeobachtet sein. Nicht mal ihr Mann, mein König, durfte diesen Raum betreten. Was die Königin nicht wusste, war, dass es einen geheimen Eingang über den Flügel der Schlossangestellten durch den Kleiderschrank gab. Schon einmal war ich dort, als die Königin ausreiten war. Es war gruselig. Da hing ein uralter Spiegel in der Mitte der Wand. Drum herum waren Kerzen und irgendwelche flüssigen Substanzen drapiert, von denen ich nicht wusste, was sie zu bedeuten hatten. Direkt gegenüber war das hinter Vorhängen versteckte Bett. Die Vorhänge waren leicht geöffnet, sodass man eine Idee von der wertvollen Seidenbettwäsche bekam.

Heute musste ich mich aber in der kleinen Kammer hinter dem Kleiderschrank verstecken, da die Königin vorhin bereits auf dem Weg hierher gewesen war. Durch ein winziges Loch in der Holzwand konnte ich gerade so den Spiegel und ein paar der seltsamen Fläschchen sehen. Als die Königin den Raum betrat, geriet sie wie von Sinnen mein Sichtfeld, stellte sich vor den Spiegel, nahm eines der Fläschchen und trank es leer. Sie schüttelte sich. Im Spiegelbild konnte ich ihr den Ekel ansehen, den zusammengepressten, verschobenen Mund und die zusammengekniffenen Augen. Doch als der Ekel vorbei

war, erkannte ich noch etwas anderes: geweitete Pupillen.
Die Königin war drogenabhängig. Doch was war das für
eine Droge? Und plötzlich fing sie an, mit dem Spiegel zu
sprechen, fragte ihn, wer die Schönste im ganzen Land sei.
Der Spiegel antwortete nicht. Und doch wirkte sie
erleichtert.
Doch dann brach plötzlich Hektik bei ihr aus. Ich dachte
schon, sie hätte mich erwischt, als sie auf den
Kleiderschrank zuhechtete. Doch sie holte nur ein paar
alte Kleider heraus und zog sie an. Was hatte sie jetzt
schon wieder vor? Sie sah aus, wie eine alte Weberin. Und
das bei einer Frau, die so von ihrer Schönheit besessen
war, dass sie die Bestätigung einer imaginären Stimme in
einem Spiegel unter Drogeneinfluss brauchte? Schon eilte
sie aus dem Raum. Ich rannte durch meinen Geheimgang
und hoffte, sie anzutreffen. Doch vergeblich. Nirgendwo
war sie zu finden. Sie war verschwunden.

Und wieder kam die Sorge um Schneewittchen in mir
hoch. Ich eilte in mein Gemach, verschloss alle Türen.
„Spieglein, Spieglein an der Wand, wer ist die Schönste im
ganzen Land?" schoss es aus mir heraus. „Königin, ihr
seid die Schönste hier, doch Schneewittchen hinter den
sieben Bergen bei den sieben Zwergen ist noch
tausendmal schöner als Ihr" antwortete der Spiegel in
seiner gewohnt übermächtigen, aber idyllischen Stimme.
Ich war erleichtert. Sie hatte eine Unterkunft gefunden.
Und doch musste ich sie sehen. Mich selbst davon
überzeugen, dass sie wohlauf war. Also fasste ich den
Entschluss, ihr etwas zu schenken. Vermutlich hielt sie

mich für niederträchtig und würde mir die Tür vor der Nase zuschlagen, sobald sie mich erkannte. Ich brauchte eine Verkleidung. Und ein passendes Geschenk. Schneewittchen liebte hübsche Sachen, vor allem Gürtel, weil sie ihre Taille zusätzlich dünn wirken ließen. Ich verkleidete mich als alte Weberin. So würde sie mich nicht erkennen und es hätte den Vorteil, dass ich gleich mehrere Gürtel zur Geschenkauswahl dabei hatte. Als Weberin mit den 12 schönsten und wertvollsten Gürteln, die ich bei dem unheimlichen Lieblingsweber von Schneewittchen, Karl-Christoph, gekauft hatte, begab ich mich auf den langen, mühsamen und gefährlichen Weg durch den Zauberwald. Das Schicksal war mir an dem Tag wohlgesonnen und ich fand den richtigen Weg schnell. Mein laut pochendes Herz wurde schneller und lauter, schneller und lauter, je näher ich der Haustür der Zwergenwohngemeinschaft kam. Automatisch klopfte ich an, mein Haupt war gesenkt. Ich schämte mich. Ich hatte Schneewittchen, meine Stieftochter, töten lassen wollen. Lächelnd öffnete sie die Tür und starrte mich ungläubig an. Für einen Moment dachte ich, sie hätte mich erkannt.

„Ich hätte nicht gedacht, dass Verkäufer so weit in den Wald heraus finden."

„I-Ich dachte, ich versuche es mal."

„Das ist wirklich lieb, aber ich habe kein Geld, um etwas zu kaufen. Ich fürchte, ihr habt euch die Mühe umsonst gemacht."

Ich konnte mir ein Lächeln nicht verkneifen. Sie konnte so nett sein. Warum dann nicht zu meinen Töchtern? Ich konnte es nicht verstehen. „Du bist ein so liebes Mädchen.

Du darfst dir einen Gürtel aussuchen. Ich schenke ihn dir." Schneewittchens blaue Augen leuchteten auf, wie bei einem kleinen Kind. Sie freute sich. Und ich freute mich, dass sie sich freute. Sie entschied sich für einen tiefblauen Seidengürtel, der mit seinem Lichtspiel die sanften Wellen des Meeres erahnen ließ und von unsagbarer Schönheit war.

Als ich zuhause ankam, war ich glücklich. Ich hatte das Gefühl, etwas Gutes getan zu haben und Schneewittchen ein Stück von dem zurückgegeben zu haben, was ich ihr genommen hatte. Doch als ich vor meinem Spiegel stand und lächelnd und zufrieden fragte, wer die Schönste im ganzen Land sei, antwortete dieser: „Königin, Ihr seid die Schönste im ganzen Land." Wie versteinert stand ich vor meinem Spiegel. Der Raum um mich herum brach zusammen. Die Trümmer flogen in den Hof. Und zum Schluss brach der Boden ein. Ich fiel in ein tiefes schwarzes Loch, doch ich landete nicht. Als ich aufwachte, pochte mein Herz. Was war passiert? Ich musste zu Karl-Christoph. Das klären.

Doch er war nicht anzutreffen, deshalb suchte ich in seiner Werkstatt nach Anhaltspunkten dafür, was mit Schneewittchen passiert war. Das konnte kein Zufall sein. Dieser Typ war komisch. Niemand verstand ihn. Jeder hielt sich von ihm fern. Außer Schneewittchen – sie liebte seine Gürtel. Langsam tastete ich mich durch den dunklen, staubigen Raum. Der Holzboden knarrte unter meinen Schritten. In einem alten Regal, das voller Handwerkszeug und Fachliteratur zu Stoffen war, sah ich ein Buch, in einem Einband, der nicht zu den restlichen passte. Das Buch schien alt zu sein. Es hatte einen Ledereinband mit goldener Schrift. Die Seiten waren aus Papyrus, nicht wie üblich aus Hanf. Die Sprache, in der es verfasst war, war mir unbekannt. Und doch schienen es Verse zu sein. Vielleicht nur harmlose Gedichte, vielleicht gefährliche Zaubersprüche. „Lege das Buch zurück" zischte es plötzlich hinter meinem Rücken. Aus Schreck ließ ich das Buch fallen, es kam mit einem lauten Knall auf dem verstaubten Holzboden auf. Ich war wie versteinert, konnte weder denken noch handeln. „Dreh dich um," befahl die Stimme hinter mir. „Zeig mir, wer du bist." Ich war es nicht gewohnt Befehle zu bekommen. Ich war die Königin. War ich wütend? Verstört? Wie sollte ich regieren? Langsam drehte ich mich um. Es war Karl-Christoph. Seine Augen waren blutunterlaufen, die Brauen eng aneinander gerückt. Zwischen ihnen eine Ansammlung von kleinen Falten. Die gelben Zähne sichtbar in dem verzerrten Maul gefletscht. Ich beschloss, die Königin heraushängen zu lassen. „Was für ein Buch ist das?" fragte ich mit erhobenem Haupt. Mein Blick war streng, selbstbewusst. Als Karl-Christoph mich erkannte, fiel sein Kiefer herunter, seine Wut wandelte sich in Überraschung. Er fiel auf die Knie. „Was für ein Buch ist das?" fragte ich noch einmal mit Nachdruck in der Stimme.

„Das meine Ex Frau bei mir vergessen. Es sind Zaubersprüche."

„Was für Zaubersprüche?"

„Dunkle Magie."

Ich erzählte ihm, dass ein bekanntes Mädchen direkt nach dem Anlegen seines Gürtels verstorben war. Da grinste er. Nicht aus Freude, sondern aus Erkenntnis. Langsam griff er zu dem Zauberbuch, blätterte ein bisschen darin herum und zeigte dann mit seinem schmutzigen, viel zu langen Zeigefingernagel auf einen vierzeiligen Vers.

„Was ist das?" fragte ich

„Das ist ein Zauberspruch, der meine Gürtel bei schönen Frauen enger schnürt. Bis sie ersticken."

Jetzt musste sie auch noch dem armen Karl-Christoph irgendeine wahnwitzige Geschichte aufdrängen. Als hätte der arme Kerl nicht schon genug durchgemacht. Immerhin wurde er erst vor Kurzem von seiner Frau verlassen. Er war voller Hass auf Frauen. Und nur die Königin konnte mit „dunkler Magie" verängstigt werden. Was hatte sie nur? Wenn ich nur in ihren Kopf schauen könnte... Gestern abend ist sie als Weberin verkleidet stundenlang verschwunden gewesen. Was macht und was denkt diese Frau?

Ich war verzweifelt. Wie in Trance wandelte ich nach Hause. Schneewittchen, meine Stieftochter, das Mädchen, für das ich Verantwortung habe, war tot. Ich hastete in mein Gemach, fiel aufs Bett und ergab mich meiner Verzweiflung. Nach einiger Zeit konnte ich nicht mehr nur herumliegen, aber sehen wollte ich auch niemanden. In diesem Moment war ich froh, dass Heinrich nicht da war. Was würde er sagen, wenn er wüsste, dass ich seine Tochter getötet habe? Und das, wenn man es genau nimmt, mit voller Absicht. Zum zweiten Mal. Ich lief in meinem Gemach auf und ab, bis ich vor meinem Spiegel stehen blieb. Ich sah schrecklich aus. Rote, geschwollene Augen und blasse Wangen.

„Spieglein, Spieglein an der Wand, wer ist die Schönste im ganzen Land?" fragte ich in verzweifelter Hoffnung.

„Königin, Ihr seid die Schönste hier, doch Schneewittchen hinter den sieben Bergen bei den sieben Zwergen ist noch tausendmal schöner als Ihr." antwortete mein Spiegel zu meiner großen Überraschung. Mein Herz machte Freudensprünge. Wie war das möglich? Die Zwerge müssen ihr geholfen haben.

In den nächsten drei Tagen verbrachte ich viel Zeit mit meinen Töchtern. Sie wussten zwar nicht, wo Schneewittchen war, doch sie waren froh, sie nicht sehen zu müssen, keine Zeit mit ihr verbringen zu müssen und fragten nicht nach. In diesen Tagen befragte ich täglich meinen Spiegel und täglich bekam ich die Bestätigung, dass sie lebte. Dann hielt ich es nicht mehr aus und wollte Schneewittchen wieder etwas Gutes tun. Und ich wollte sie sehen. Weil sie so stolz auf ihre schwarzen, ebenholzgleichen Haare war und sie gerne pflegte, wollte ich ihr einen Kamm schenken. Sie wollte schon immer einen diamantbesetzten Kamm haben. Und den wollte ich ihr schenken. Denn ich hatte einen, nur Schneewittchen wusste nichts davon. Der einzige, der mich einmal mit diesem Kamm gesehen hatte, war Lukas. Und dieser eingeschüchterte Ja-Sager hätte Schneewittchen nichts von diesem Kamm erzählt. Also packte ich ihn ein, verkleidete mich als Händlerin und nahm noch weitere, vorwiegend wertlose Dinge mit.

Jetzt packt sie auch noch diesen übertrieben, bonzigen Kamm ein. Was macht sie schon wieder? Und erinnert sie sich überhaupt noch daran, dass ihr der Kamm bei der letzten „Benutzung," damit meine ich „Zur-Schau-Stellen," in das Schlangengift gefallen ist? Gereinigt sah er jedenfalls nicht aus. Der große Erdenfleck von vor dem Unfall ist auf jeden Fall immernoch da. Und der hätte bei jeder Reinigung verschwinden müssen. Bei dem Drogenkonsum würde es mich nicht wundern, wenn sie sich selbst vergiften würde, ohne es überhaupt zu wissen. Und sie war schon wieder verkleidet, sah aus wie eine Schmuckhändlerin. Etwas edler, als letztes Mal, aber dennoch zu seltsam für so eine eingebildete Frau.

Der Zauberwald war dieses mal schwieriger zu durchqueren. Der Wald wusste, wenn der letzte Besuch eines Menschen eine entsetzliche Wirkung hatte. Und jetzt zeigte der Wald mir, dass mein letzter Besuch zu Schneewittchens vorübergehendem Tod geführt hatte. Der Wald verdichtete sich vor meinen Augen. Bäume wanderten aufeinander zu. Das Aussehen des Waldes veränderte sich immerzu. Beinahe hätte ich mich verlaufen, doch ich war achtsam und fand die Zwergenhütte. Langsam und wiedermals mit pochendem Herzen ging ich auf die Hütte zu. Ich klopfte an. Diesmal öffnete Schneewittchen nicht direkt die Tür, sondern zuerst das Fenster, schaute mich an fragte mich, was ich wollte.

„Ich verkaufe Schmuck und Kämme." krächzte ich mit der Stimme einer alten Frau. „Bitte unterstützen Sie mich und kaufen mir etwas ab." Ich musste in mich hinein lächeln, weil der Diamantkamm obenauf, gut sichtbar lag. Und Schneewittchen hatte ihn gesehen. Sie lächelte, schloss das Fenster und einige Zeit später öffnete sich die Tür. Mit leuchtenden Augen, mit der unschuldigen Freude eines Kindes, zeigte sie auf den Diamantkamm. „Das ist ein ganz besonderer Kamm. Er steht nicht zum Verkauf." Enttäuscht blickte Schneewittchen zu Boden. Eine Träne kullerte über ihre Wangen. Kein Rumgezicke. Keine Szene. Sie muss sich hier verändert haben. „Sei nicht traurig, mein Kind. Ich schenke ihn dir. So einem schönen Mädchen kann ein altes Weib, wie ich, doch keinen Wunsch abschlagen." erklärte ich mit meiner Alte-Weiber-Stimme. Schneewittchens Blick verdunkelte sich und ich fragte sie, was mit ihr los war. Unter Tränen erzählte sie mir, dass sie hier nur lebt, weil ihre böse Stiefmutter sie hatte töten wollen und dass sie es vor einigen Tagen erneut versucht hatte. Ich hatte einen Kloß im Hals. So dachte sie also über mich. Deshalb war sie menschlicher geworden. Aufgrund eines psychischen Traumas. Mit Tränen in den Augen gab ich ihr den Kamm und machte mich ohne ein weiteres Wort auf den Weg nach hause.

„Spieglein, Spieglein an der Wand, wer ist die Schönste im ganzen Land?" fragte ich meinen Spiegel sofort nach der Ankunft zu Hause. Zu meiner großen Überraschung und Enttäuschung antwortete er mit den mir früher so wichtigen Worten: „Meine Königin, Ihr seid die Schönste im ganzen Land." Verzweifelt und kopflos lief ich durch das Schloss. Es kam mir vor, als würde ich die Situation immer schrecklicher machen, je mehr ich versuchte, sie zu verbessern und hinzubiegen. Und ich wollte es gut machen. Was war passiert? Und da fiel es mir wie Schuppen von den Augen, ich hatte es vergessen. Wie konnte ich nur? Der Kamm war nicht einfach nur ein Kamm. Er war eine Waffe. Scharfkantig, die Borsten waren Messer und konnten einen Schädel durchdringen, als wäre er aus Butter. Und dann auch noch das Schlangengift, in das er gefallen war. In meiner wachsenden Verzweiflung befragte ich den Spiegel immer wieder. Ich brüllte ihn an, während mir Tränen aus den geschwollenen Augen rannen und er gab mir den ganzen Tag über immer wieder die gleiche Antwort. Schneewittchen war tot und ich war schuld und konnte nichts mehr tun.

Sie kam ohne den Diamantkamm zurück, nahm wieder diese seltsame Droge und fragte den Spiegel Wiedermals nach ihrer eigenen Schönheit. Daraufhin verzweifelte sie, brach in Tränen aus. Beinahe hätte ich Mitleid mit ihr gehabt. Wenn sie nicht etwas von einer „Waffe" und von „scharfkantig" vor sich hin gemurmelt hätte. Diese Frau war sowas von seltsam. Sie wusste selbst nicht mehr, was sie überhaupt tat.
Und urplötzlich, als sie ein weiteres Mal den Spiegel befragt hatte, mit der immer gleichen dämlichen Frage, brach sie in pure Euphorie aus. Sie verkleidete sich schon wieder und es war das schrecklichste ihrer ganzen

Kostüme. Sie sah aus wie eine Bäuerin. Diesmal wollte ich es schaffen, ihr nachzulaufen. Doch sie war schon wieder verschwunden. Wenn sie nur einmal vergessen würde ihr Gemach von außen abzuschließen, dann könnte ich durch die selbe Tür hinterherlaufen und würde nicht so viel Zeit über den Geheimgang verschwenden.

Und dann, als ich es schon nicht mehr erwartet hatte, kam die überraschende, mich mit Freude erfüllende Antwort.

„Königin, Ihr seid die Schönste hier, doch Schneewittchen hinter den sieben Bergen, bei den sieben Zwergen ist noch tausendmal schöner als Ihr."

Mein Herz überschlug sich. Es schlug nahezu in Lichtgeschwindigkeit. Freude und Trauer lagen dicht beieinander. Ich dürstete danach, alles wieder ins Lot zu bringen und wusste doch, dass ich es bis jetzt bei jedem Versuch verschlimmert hatte. Und dennoch konnte mich nichts davon abhalten, noch einen letzten, verzweifelten Versuch zu starten, meine Schuld bei Schneewittchen zu begleichen. Drei Tage und drei Nächte lang überlegte ich verzweifelt, was sie denn brauchen könnte, ohne sie gleich mit meinem Geschenk umzubringen. Und mir kam die perfekte Idee: Im Zauberwald wachsen keine Äpfel und Schneewittchen liebte Äpfel. Also ging ich zu Jacques, dem besten Apfelbauern der Stadt und kaufte ein ganzes Kilo Äpfel. Voller Vorfreude darauf, endlich etwas Gutes für Schneewittchen tun zu können, machte ich mich auf den Weg durch den Zauberwald. Obwohl mir der Wald nach den letzten Vorkommnissen nicht wohl, nein, arglistig, gar tödlich gesinnt sein sollte, schien die Sonne golden durch die Baumkronen, die Blätter tanzten im Sonnenlicht und die Lichtungen waren grün, voller Früchte und ausladend groß. Ich fühlte mich gutherzig, lief singend und träumend durch die glitzernden Lichtungen des saftigen Waldes.

Irgendwann, ich weiß nicht wie viel Zeit vergangen war, wurde mir bewusst, dass ich mich hoffnungslos verlaufen hatte. Ich hatte großen Durst und die Äpfel waren doch für Schneewittchen. Sie konnte ich also nicht verwenden, um meinen Durst zu stillen. Plötzlich leuchtete vor meinen Augen, im Sonnenlicht ein Strauch auf, als hätte er einen Heiligenschein. Er trug perfekte, rote, saftige Früchte, die ich nie zuvor gesehen hatte. Wie in Trance pflückte ich den gesamten Strauch leer und aß, verschlang die Früchte und der Wald wurde fabelhafter, als er je zuvor war. Leicht wie eine Feder hüpfte ich durch den Wald, bis ich auf eine erbarmungslose Schlacht, die Teil eines seit Jahren andauernden Krieges zwischen Feen und Elfen war, stieß. Ich erfuhr, dass die wachsende Bevölkerung auf beiden Seiten dazu führte, dass die Feen die großen Fliegenpilze, in denen die Elfen lebten abbauen wollten, um mehr Tulpen zu bauen, für ihre eigene Bevölkerung und andersrum. Den Krieg konnte ich beenden, indem ich ihnen vorschlug, weiterhin zusammen zu leben und den Lebensraum vorzugsweise auf die gesamte Lichtung zu expandieren. Die Feen und Elfen feierten bis spät in die Nacht hinein und ich aß mit ihnen, bevor ich mich wieder auf den Weg zu Schneewittchen machte. Und als ich so durch den Wald irrte, was mich nicht im geringsten störte, sah ich in der Ferne eine ganze Herde Einhörner. Komisch, sie kamen immer nur in Herden zusammen, wenn Paarungszeit war, ein neues Familienmitglied die Welt erblickte oder ein Familienmitglied starb. Da weder Paarungszeit, noch Geburtszeit war, ging ich von letzterer Möglichkeit aus. Langsam und leise näherte ich mich den scheuen Tieren und lief direkt auf eine immer dicker und dichter werdende Spur silbernen Blutes zu. Schockiert fragte ich mich, was passiert war. Ich kam näher. Einen Apfel musste ich opfern. Das wurde mir bewusst, als ich ein junges Einhornweibchen im Zentrum der Herde erblickte, das immer wieder in schmerzender Qual aufschrie und große Schusswunden in Herz und Kopf aufwies. Es versuchte sich aufzurichten, war nicht bereit zu sterben. Zittrig stand es einige Augenblicke da, als die Vorderbeine einknickten und dieses bewundernswerte, verzweifelte Einhornmädchen kurz danach unter einem ohrenbetäubenden Aufschrei zu Boden ging. Als sie den Boden berührte schallte der Knall durch den ganzen Wald. Der schmerzerfüllte Blick traf mich direkt und tief und ich rannte in Panik auf das Einhornmädchen zu, gab ihr einen Apfel. Äpfel konnten die Selbstheilungskräfte der starken Einhornkörper aktivieren und eine Heilung sein. Gierig und gleichzeitig unglaublich schwach und deshalb langsam aß sie den Apfel. Doch es war zu spät. Kurz nachdem sie den Apfel aufgegessen hatte, blickte sie mich dankbar an. Der Blick wurde friedlich, während sich ihr Haupt langsam in Richtung Wiese senkte. Sie schloss ihre

Augen, hatte ihren eigenen Tod, ihr eigenes Sterben akzeptiert. Und dann mit einem letzten, lauten, aber traurigen Ausatmen, hörte ihr Herz auf zu schlagen und eine letzte, silbrig schimmernde Träne kullerte über ihre Augen.

Die anderen Einhörner weinten. Ich wusste zwar immer noch nicht, was passiert war und ich würde es nie erfahren, aber die anderen Einhörner schienen dankbar für meinen Rettungsversuch gewesen zu sein und ein anderes Weibchen, vermutlich ihre Mutter, sank vor mir auf den Boden und bedeutete mir mit ihrem Kopf, auf ihren Rücken zu steigen. Wortlos und voller Trauer, Freude und Dankbarkeit stieg ich auf und sie flog los. Als sie sicher vor Schneewittchens Bleibe landete, wusste ich, dass der Wald mir katastrophal gesonnen war, mich auf die Probe gestellt hatte und ich sie bestanden hatte.

Schneewittchen kam heraus gerannt und war fasziniert von dem erhabenen Anblick des Einhorns, das sich sofort wieder auf den Weg in den Zauberwald machte. Fassungslos starrte Schneewittchen mich an. Für einen Moment dachte ich, sie hätte mich erkannt, doch sie konnte nichts mit dem Bild anfangen, das sich ihr bot. Eine normale, arme Apfelbäuerin, die von einem Einhorn zu ihr geflogen wurde? Sie kam langsam auf mich zu, setzte sich still neben mich und wir schwiegen eine ganze Zeit lang nebeneinander.
Schneewittchen war die Erste, die wieder das Wort fand.

„Was ist hier los?"

„Das ist eine extrem lange Geschichte" antwortete ich geschwächt und völlig außer Atem.

„Warum hat dich das Einhorn hier her gebracht?"

„Das weiß ich nicht. Vielleicht brauchst du Aufmunterung?!"

„Wenn du wüsstest, wie recht du hast..."

Und in verzweifelter Erregung erzählte mir Schneewittchen, was ihre fürchterliche Stiefmutter, ich, ihr alles angetan hatte. Ich musste so ein schrecklicher Mensch sein. Und ich konnte ihre Wut, ihre Verzweiflung nur zu gut nachvollziehen und verstehen. In ihr entstand, verständlicherweise, der Eindruck, ich hätte sie töten wollen. Ich schenkte ihr den ganzen Korb Äpfel. Schließlich hatte mich ein Einhorn gebracht und die konnten bekanntermaßen gute von bösen Seelen direkt unterscheiden und Schneewittchen hatte keinen Grund an meiner Ehrlichkeit zu zweifeln. Sie nahm die Äpfel und ich machte mich erschöpft, aber erleichtert und besten Gewissens auf den Weg zurück in mein Schloss. Ich bemitleidete Schneewittchen für ihre Lebenssituation und war dennoch stolz auf sie, dass sie zu einem ehrlichen, bescheidenen Mädchen geworden war. Ein Mädchen, mit dem, wäre sie schon immer so gewesen, diese Situation nicht zu der geworden wäre, zu der sie wurde. Aber dennoch war ich stolz auf sie und auf mich. Endlich hatte ich ihr helfen können, zumindest zum Teil wieder gut machen können, dass ich ihr Leben nicht nur weggenommen, sondern zerstört und auf den Kopf gestellt hatte. Zuversichtlich und voller Freude stellte ich vor meinen Spiegel und stellte ihm voller Enthusiasmus die übliche Frage.

„Spieglein, Spieglein an der Wand, wer ist die Schönste im ganzen Land?"
„Meine Königin, Ihr seid die Schönste im ganzen Land."

Der Zusammenbruch

So verzweifelt, wie an diesem Tag hatte ich die Königin bisher nie erlebt. Sie machte in den ganzen letzten Wochen heimlich immer wieder einen abrupten Wechsel zwischen Trauer und Freude, zwischen Verzweiflung und Enthusiasmus durch, aber so eine Verzweiflung hatte ich noch nie in ihren Augen gesehen oder in ihrer Stimme gehört. Gleichzeitig war sie so wütend, wie ich es noch nie erlebt hatte – und ich hatte sie schon tobsüchtig erlebt. Zum Glück wusste sie nicht, dass ich gerade da war und sie beobachtete. Kaum auszudenken, was wäre, wenn sie mich jetzt entdecken würde und diese ganze momentane Wut und Verzweiflung mich treffen würden. Dabei war im Dorf ein großes Fest, auf dem ich heute Abend tanzen wollte.

Meine Welt brach zusammen. Ich wusste nicht mehr, wer und wo ich war, konnte weder denken noch handeln. Schon wieder hatte ich sie getötet. Warum passierte so was immer mir? Was war jetzt schon wieder los? Und ehe ich mich versah, hörte ich aus der Stadt schallenden Lärm, wütendes Brüllen und Fackeln erleuchteten die Stadt hell. Ich rannte das Schloss runter, hielt den ersten Diener an und fragte ihn, welcher Aufruhr in der Stadt los war.
„Der Apfelbauer Jacques hat seine Äpfel und damit das gesamte Dorf vergiftet."

Das Fest war eine willkommene Ablenkung...

Und da geschah der Tag im Wald Revue. Es war nicht zu spät gewesen für das Einhornmädchen. Ich hatte sie vergiftet. Und ich hatte ebenso Schneewittchen vergiftet. Mein Magen krampfte sich zusammen. Es schmerzte.

Doch ein Fünkchen Hoffnung machte sich breit. Bis jetzt hatten die Zwerge immer eine Möglichkeit gefunden, ihr zu helfen und sie wieder ins Leben zurück zu holen. Die nächsten drei Nächte schlief ich nicht, stand permanent mit Tränen erfüllt vor dem Spiegel und fragte ihn nach dem Grad meiner Schönheit. Und immer nur sagte er mir, ich sei die Schönste im ganzen Land. Was sollte ich nur tun? Ich hatte meine Stieftochter getötet und konnte niemandem sonst die Schuld dafür geben. Ich war es alleine. Ja, weil ich meine Töchter beschützen wollte. Aber wenn ich ehrlich zu mir selbst war, war es, weil ich egoistisch und wütend war. Weil ich die unbändige Wut nicht unter Kontrolle hatte. Und jetzt war ein junges Mädchen tot, das noch sein ganzes Leben vor sich hatte. Wieder wurde ich wütend. Ich nahm den Spiegel und zertrümmerte ihn. Als er zerbarst, kam ein giftgrüner Nebel heraus. Er blieb dicht und verschwand. Und als er weg war, war es, als hätte sich mein Herz erleichtert. Ist es möglich, dass ein arglistiger Geist darin gewohnt hatte, der mich egoistisch, argwöhnisch und unsagbar wütend gemacht hatte?

Doch am vierten Tag der Trauer, las ich Zeitung und erfuhr von einer anstehenden Hochzeit im Traumschloss auf der anderen Seite des Zauberwaldes. Als ich weiter las, erfüllte mich die größte Freude, die ich je empfunden hatte. Schneewittchen war die Braut. Glück erfüllte mich und durchdrang meinen gesamten Körper. Schneewittchen heiratete. Ich musste mich sofort auf den Weg machen und bei der Hochzeit anwesend sein. Ohne Verkleidung. Ich musste mich aufrichtig entschuldigen für alles, was ich getan hatte.

Die Königin machte sich auf den Weg durch den Zauberwald. Es war inzwischen Winter geworden. Ein schwerer Schneesturm peitschte ihr um die Ohren, sie verlor die Orientierung. Stürzte und erfror jämmerlich.